# Há Algo Escondido Aqui:

## Mistério Thriller e Suspense em Português

**Martin Danielle**

Não espero vê-lo no paraíso, porque o inferno é um lugar melhor para se estar. **anónimo**

# Indice

# Prefácio

Baseado em uma história real.

Jacob Mart, um maldito cirurgião de baixo nível, vai mostrar a você nesta emocionante série de suspense psicológico do que todos nós somos capazes para sobreviver.

Se você é um daqueles que apreciam thrillers psicológicos eletrizantes, posso dizer que esta história que você está prestes a ler vai prendê-lo. Uma vez que você começa, não será capaz de parar até o final eletrizante e inesperado. Aproveite!

# Capítulo 1

Sete de Fevereiro. Passaram quase 26 horas desde que a maldita tempestade, ou seja lá o que for, me atirou para esta ilha. Para dizer a verdade, tenho andado de um lado para o outro, e que ilhazinha de merda! Tem 300 passos de largura e cerca de 400 passos de comprimento. Para além disso, pelo que vi, não vi absolutamente nada que me desse vontade de fazer algo. Está completamente deserta, como eu imaginava, e isso, na minha situação, não é bom, penso eu.

O meu nome é Jacob Mart, e isto que "leu à pressa" é o meu diário. No caso de me encontrarem, ou melhor, quando me encontrarem: queimá-lo-ei. Não quero parecer ridículo e, obviamente, não quero confessar coisas que me possam causar problemas legais.

Felizmente, tenho muitos fósforos e heroína. Até tenho o suficiente de ambos para atirar para o céu, embora, para ser honesto, isso não valha um maldito cêntimo aqui. Por isso, é melhor sentar-me durante algumas horas para escrever, sabem como é; perder tempo e não adormecer, porque tenho a certeza de que eles me vão atacar nas próximas horas. Hoje é tão bom como hoje.

Felizmente, tenho tempo para o contar agora. Quero dizer, desde que não haja um barco de salvamento à vista. Assim, começo por vos dizer que os Mati Luar, o bairro italiano do Lower East Side de Nova Iorque onde nasci, me chamavam Henry Labat. O meu pai, que era um filho da mãe, veio do velho continente e já trazia consigo as suas manias aprendidas de lá. Desde que me lembro, queria ser um cirurgião de sucesso, mas ele zombava e ria-se sempre que me ouvia dizer isso à minha mãe. E, normalmente, adorava chamar-me sonhador e idiota, enquanto me mandava ir buscar outra cerveja à prateleira. Morreu de um cancro agressivo do cólon aos 46 anos. Não imagina o quanto me ri em silêncio ao ouvi-lo chorar como um maricas nos seus últimos dias naquela cama que rangia sempre que ele se mexia. Eu dizia para mim próprio: "Vá lá, seu grande idiota! Agora quem é que se ri melhor? Vá lá! Manda-me buscar outra cerveja e vê se não te faz borrar as calças de dor".

Comecei a jogar futebol no liceu e, sem querer ser presunçoso, devo confessar que fui o terceiro melhor jogador da história local. Era quarterback e, por vezes, tight end. E no meu último ano do liceu visitei a maioria das cidades emblemáticas dos Estados Unidos. No entanto, devo confessar que detestava mesmo futebol. Mas quando se é miúdo e se vive para o dia, e se sonha em ir para a universidade, não há outra opção senão o desporto, se se tiver talento. Se não tiveres, estás lixado. Não há outra opção senão levantar o rabo e trabalhar de sol a sol como a maioria das pessoas. Por isso, continuei a jogar até conseguir a tão esperada bolsa de estudo e, assim que a consegui: adeus futebol, disse para mim mesmo. Claro! Ia estudar para ser cirurgião, mesmo que fosse a última coisa que repetisse a mim mesmo, mesmo que o cabrão do meu pai me gozasse aos poucos. Não me importava nada.

O meu miserável pai morreu cinco meses antes de eu me formar com distinção no Colégio Simmon Newport. Para dizer a verdade, festejei em grande estilo. Acham que teria sido um motivo de orgulho para mim subir à tribuna para receber o meu diploma de cirurgia e olhar para aquele idiota sentado com um ar de bêbado na cara? Além disso, não era a grande casa de aprendizagem de que me podia gabar. Mas... podem perguntar-se porque é que estou a escrever isto, acham que tem piada? Bem, não, vou corrigir-me, não tem piada, é extraordinariamente engraçado. O grande cirurgião Jacob Mart, de calças vestidas e camisa havaiana, no meio de uma maldita ilha que se pode atravessar em dois minutos, a escrever a sua história de vida bizarra, que acho que ninguém quer saber, ou será que quer?

(suspiro leve) Não fazem ideia de como tenho fome… mas que se lixe; vou continuar a escrever a história particular dos meus ontens, e então talvez não esteja a pensar em comida, que, nesta situação, comeria e chuparia os ovos de boi que alguns camaradas me obrigaram a comer numa banca de fast food no Paquistão.

Mudei o meu apelido de Labat para Mart antes de terminar o curso de medicina. A minha querida mãe disse-me que isso lhe tinha partido muito o coração, mas eu perguntei-me: a que coração se referia ela, se não parava de piscar o olho luxuriosamente ao antigo dono da loja de flores, a que ficava ao lado da agência funerária quando enterrámos o meu pai. E, muito provavelmente, eles tinham as suas coisas carnais. Mas, para ser sincero, nessa altura já não me importava com nada, só queria ser um grande cirurgião e nada mais.

Lembro-me perfeitamente que, desde a escola primária, quando jogava futebol, costumava enfaixar as mãos como se fosse um cirurgião. Nesta carreira, sem as mãos não se é nada. Os meus colegas chamavam-me rosita la nena por causa dos meus cuidados excessivos com as mãos, mas o que é que isso interessava àqueles maricas, pensava eu. Para dizer a verdade, nunca me meti numa luta com uma, jogar futebol já é um risco elevado de contusões, envolver-me em lutas ainda mais. No entanto, vale a pena mencionar que houve um rapaz que me deixou extremamente nervoso e que se chamava Michael Logan: um mastodonte alto e corpulento do liceu, que se caracterizava pela sua cara cheia de cicatrizes e espinhas purulentas.

4

Nos primeiros anos, costumava entregar o jornal e vender selos de lotaria e chocolates. Como bónus, ajudava-me a conhecer novas caras e a socializar. Como diz o ditado, qualquer um pode morrer, mas nem todos são capazes de sobreviver sozinhos. Quer dizer, acho que sabes o que quero dizer. E foi esse o principal impulso que me levou a fazer uma visita de cortesia ao Bobby Lart, que era o tipo mais malvado e musculado da escola, para fazer uma visita de cortesia ao Michael Logan. E sim, numa tradução mais simples; uma verdadeira tareia. Ainda me lembro quando lhe disse que receberia 30 dólares por cada dente que ele me trouxesse. E, sem mais nem menos, o Bobby Lart trouxe-me 3 dentes embrulhados em jornal e, acreditem, até senti a necessidade de lhe dar um extra como compensação pelo seu excelente trabalho, ao ponto de ele ter exagerado e magoado os nós dos dedos numa tarefa tão dolorosa. Imaginem o sarilho em que me teria metido se tivesse sido apanhado.

# Capítulo 2

Quando andava na faculdade de medicina, enquanto a maior parte dos outros miúdos ganhava uns trocos a trabalhar como lavadores de loiça ou a limpar casas de banho, eu criei um sistema de apostas engenhoso, juntamente com alguns truques que aprendi com alguns gangsters do bairro, que me rendia umas centenas de dólares por mês em jogo. Para além disso, como já tinha muito boas relações no meu bairro, era muito fácil para mim terminar a corrida em termos de dinheiro. Algo muito difícil para a maioria das pessoas na altura.

Fui introduzido no submundo até começar os meus serviços profissionais, num dos hospitais mais emblemáticos de Nova Iorque, obviamente. No início, limitava-me a prescrever uma ou outra receita em branco. É de salientar que, em algumas ocasiões, vendi dois livros com mais de 500 receitas em branco a um tipo do meu bairro e depois falsifiquei as assinaturas. Obviamente, também lhe cobrei os nomes de cerca de 30 médicos da cidade aos quais tinha acesso às suas assinaturas. Depois, o tipo do bairro vendia-as por mais de 250 dlls cada na rua a pessoas com dinheiro suficiente para as comprar: os toxicodependentes ricos de certos opiáceos, como os sedativos ou a hidrocodona. Depois de trabalhar lá durante cerca de 4 meses, descobri a quantidade de fraudes que se passavam nos armazéns do hospital. Nem mesmo a direcção fazia ideia dos medicamentos e opiáceos que entravam e saíam do local. Evidentemente, havia tipos que retiravam dezenas de caixas de medicamentos sem o menor pudor, era um grande negócio. Pessoalmente, porém, levei a coisa demasiado a sério, conhecia o risco de brincar com a droga a nível federal. Sempre fui reticente e muito meticuloso no que diz respeito à minha própria pele. No entanto, quando se está bem durante algum tempo no meio dos riscos, chega uma altura em que se fica descuidado e, bem, o azar, ou melhor, a minha negligência bateu-me à porta. Mas bem, não gosto de ser tão duro comigo mesmo, sei que isto é momentâneo, sempre disse que sou como um gato que aterra sempre em pé, sabem que tenho 7 vidas....

Bolas! Já lá vai algum tempo, e a minha mão começa a incomodar-me de tanto rabiscar, a que se junta o facto de ter ficado sem pontos, e por isso não vou poder continuar... embora, para ser sincero, tenha uma má premonição, como um pressentimento... uma angústia ou melhor, uma preocupação com... disparates, que não tardarão a atingir-me...

(8 de Fevereiro). Há mais de 28 horas, o mil vezes amaldiçoado barco salva-vidas cedeu e afundou-se a norte desta ilha. Mas isso agora não interessa. Guardei, o melhor que pude, tudo o que me pareceu útil, a saber: 4 galões de água, um maço de fósforos, um pequeno estojo de primeiros socorros, este folheto, que, na verdade, está anexado ao estojo de primeiros socorros, o clássico que todos transportam. O que é estranho é que não tenham acrescentado pelo menos um stock de alimentos ou mesmo de doces; nada. O último relatório do folheto tem a data de 30 de Janeiro de 1978. Felizmente ou felizmente, consegui salvar um par de facas, uma sem corte e a outra suficientemente afiada para me cortar a cabeça. Juro pela minha casta mãe, que descanse em paz, que quando puser os pés fora desta ilha miserável encharcada de excrementos de pássaros, vou literalmente arrancar a merda do cu daqueles filhos do grande cocó da ilha Martin. E acho que só isso já vale a pena tirar o meu cu daqui, juro, aconteça o que acontecer eu vou-me embora daqui, esses filhos da puta vão-se arrepender. Mmm, quase me esquecia de sublinhar uma coisa... das coisas que tenho aqui e que também enumerei como importantes: cinco quilos de heroína boa, e um de cocaína, digamos

algo como quinhentos mil dólares nas ruas de Nova Iorque. Embora, para ser honesto, valham um ovo podre aqui.

# Capítulo 3

(9 de Fevereiro. Parcialmente nublado).

Oh, merda! Espero que não se importem com a minha irritação constante, mas, numa situação destas, até a Madre Teresa de Calcutá estaria a lançar vitupérios e profanidades. Felizmente, as minhas entranhas receberam algumas proteínas esta manhã... bem, se é que se pode chamar assim. Uma pequena gaivota empoleirou-se por acaso numa rocha deformada que está cheia de caca de pássaro, imaginem quantos tipos de pássaros. Assim, enquanto estava perante a cena acima mencionada, pensamentos homicidas agitaram-se dentro de mim, por isso, de costas, aproximei-me cuidadosamente, o mais perto que pude com uma pedra na mão. A maldita ave estava completamente imóvel, parecia ter snifado uns quantos grãos da coisa branca, julgando que parecia drogada ou possuída por um demónio, porque de repente virou-se para mim e olhou-me perpetuamente, com os seus olhinhos pretos sem alma, como se me quisesse atacar e dar-me uma bicada na jugular. Então, por precaução, atirei-me a ela com todas as minhas forças, e sabem qual foi o resultado; acho que a desalinhei. Acertei-lhe, oh sim! O pássaro caiu e deu um grito de socorro horrorizado. Não consigo dizer-vos como saboreei esse momento. O forte a caçar o fraco. Tentou voar, mas a sorte estava a meu favor. Visivelmente, pude ver que alguns dos ossos da asa estavam partidos. Sem perder tempo, corri para o infeliz. Ele sentou-se e começou a saltar e a afastar-se rapidamente. Devo dizer que foi bastante difícil agarrá-lo, e mesmo numa dessas tentativas enfiei o pé num pequeno buraco no chão, ao ponto de, por momentos, pensar que tinha partido o tornozelo em dois. No entanto, a sorte ainda estava do meu lado. Antes de ficar sem forças, apanhei-a do outro lado da ilha. A gaivota começava a afastar-se lentamente na água. Dei-lhe a minha cauda, mas a desgraçada virou-se e quase me arrancou os olhos. Mas o Jacob Mart não desiste. Agarrei-lhe uma das pernas e chicoteei-a, atirei-a à água e, segundos depois, torci-lhe o pescoço, obviamente com um ódio incomensurável. Só o facto de ouvir o estalar das suas vértebras quando saíram das órbitas deu-me uma felicidade imensa como resultado da minha doce vingança. Como diz o ditado: "a última gargalhada é a melhor..." Agora sim! caro cavalheiro, esta noite o jantar está servido.

Depois de ter feito isso, voltei ao ponto de partida onde tinha as minhas coisas. Antes de o depenar, apliquei um pouco de iodo nas pequenas feridas que tinha provocado pela coisa anterior e pelas bicadas ocasionais que tinha levado. Como devem saber, as aves são portadoras naturais de uma série de bactérias e fungos. E, por razões óbvias, não queria apanhar uma infecção, porque, na situação em que me encontro, isso significaria uma morte dolorosa e certa, especialmente esta última. Fiz uma pequena cirurgia de coração aberto, mas infelizmente não havia maneira de a cozinhar porque não havia erva seca por perto. Por isso, não havia outra hipótese senão comê-la crua. Os meus intestinos não gostaram muito, agitaram-se. Queriam devolvê-lo, mas eu não podia dar-me a esse luxo, numa situação tão única, um luxo desses era impensável. Então, contei até trezentos para trás, até a maldita vontade de vomitar desaparecer. Acreditem, contar de trás para a frente funciona sempre, nunca falha. Ou pelo menos nunca me falhou.

Não imaginam a dor que ainda sinto no tornozelo, quando me magoei a tentar apanhar aquela coisa alada que acabei de provar. Mil vezes um maldito pássaro. Por causa dessa maldita coisa, quase parti o tornozelo em dois e fiquei zarolho. Se amanhã conseguir executar outra gaivota, juro que a torturo. oh sim! hahaha. A que acabei de provar passou sem o merecido castigo, mas a outra, acreditem, não vai ter tanta sorte. Mesmo enquanto escrevo estas linhas, ainda consigo ver a sua cabecinha a uns 10 metros de distância, como que a atirar-me insultos e maldições, tais como: filho da mãe, conseguiste passar-me nas entranhas, mas vais ver, sacana; vou ver-te no inferno, miserável. Agora pergunto-me, as gaivotas têm cérebro, é comestível? Porque, se for comestível, então....

10 de Fevereiro, totalmente nublado. Mais uma vez, estou a sofrer por causa da comida. O azar está a tornar-se um hábito, não há nada. Nem sequer um crustáceo ou, pelo menos, cocó de pássaro, bem, o que estou a dizer, não é comestível. Hoje, uma gaivota fez a mesma coisa, pousou na mesma rocha deformada que a primeira, mas... voou com ela antes mesmo de pegar numa pedra e esvaziou os miolos. Escusado será dizer que, se o pássaro voltar, não sabe o que tenciono fazer-lhe; um Kamasutra de torturas, penso eu. Vou sugar-lhe cada um dos olhos com um pau e depois voltar a enfiá-los, e divertir-me um pouco com a desgraçada.

Talvez já tenha comentado isto ou não, não sei, mas eu era um grande cirurgião, era assim que me rotulavam na profissão, mas aqueles filhos da mãe, sim, atreveram-se a despedir-me. São todos assim: hipócritas. Esticam o pescoço quando vos apanham em delitos, mas porque é que se fazem passar por pombos santos, quando todos sabemos aqui entre nós que são iguais ou piores. Hipócritas de merda que passam o juramento de Hipócrates pelos tomates, mas na palha dos outros armam-se em santos ou em frente a um júri enquanto apontam aos mais fracos. Eu já tinha uma mão-cheia de coisas obscuras a roer-me os calcanhares quando fui internado no hospital de que falei no início. Segundo o juramento de Hipócrates: quando estás ao serviço, és um indivíduo irrepreensível que jura ajudar os necessitados, neste caso os doentes, e que farás tudo o que estiver ao teu alcance para os curar. E, acima de tudo, colocará os seus princípios éticos e morais em primeiro lugar em qualquer situação. Que disparate! A verdade é que, na prática, ninguém que eu conheça, e são muitos, leva este juramento a sério. É apenas um ideal. A quem o diz. Conheço da cabeça aos pés os truques do sistema de saúde e tudo isso é um conto de fadas... um belo conto de fadas para crianças e incautos.

Para dizer a verdade, não me importava de ser expulso. Nessa altura, tinha recursos para me dar ao luxo de abrir um consultório ostentoso, obviamente não numa zona qualquer, queria-o numa zona exclusiva de Nova Iorque, uma dessas zonas movimentadas e importantes. Infelizmente, não tinha um Pai Natal influente para me ajudar a acelerar o processo, que, acreditem, é uma dor de cabeça, especialmente em Nova Iorque. Quando ultrapassei todos esses obstáculos e fiquei finalmente estabelecido, a minha querida mãe já tinha falecido, talvez 3 anos antes de a minha licença de cirurgião ter sido revogada. E o meu pai, talvez 5 anos depois de ter deixado de ser um petisco para as minhocas, e hoje em dia talvez fosse um bom adubo para todas as plantas que crescem nos cemitérios.

Aconteceu que tive de forjar alguns acordos com algumas pequenas empresas farmacêuticas locais e umas duas dúzias de contactos de médicos conhecidos, pelo que dezenas e dezenas de doentes iam ter com eles e depois eram canalizados para mim e eu operava-os clandestinamente sem licença. Estava a arriscar o meu pescoço, mas era um negócio bastante lucrativo. Eu prescrevia-lhes imediatamente as suas receitas mágicas pós-operatórias, de forma infalível. Aqui entre nós, devo confessar que nem todas as cirurgias que efectuei eram totalmente necessárias. Não, mas... eu tinha de operar na mesma. Mas nunca agi contra a decisão de um paciente de dizer: não, não, não quero que me opere. Na verdade, aqui está um facto interessante. Há indivíduos que fizeram vasectomias em 1976, não porque precisassem delas, mas porque queriam ter acesso legal a drogas psicotrópicas e continuar a tomar comprimidos desenfreadamente, só porque o papá médico lhes permitia, e isso foi algo que o meu amigo fez. E não só eu, é preciso esclarecer que muitos o fizeram, além de que o dinheiro é rei e se um doente pode pagar, porquê recusar-lhe esse prazer. Outros tornaram-se dependentes após a cirurgia. Muitos sofriam de problemas de sono e ele dava-lhes librium com alodacia, ou drogas para emagrecer, enquanto a maioria preferia a heroína, primeiro por causa da dor e depois por causa da cadeia de efeitos. Com o Pai Natal, tudo tinha uma solução - sim, claro!

O problema, ou melhor, os problemas, surgiram quando os controladores de saúde descobriram o nosso negócio clandestino e foram investigar o paneleiro Lucas Sander, e aqueceram-lhe a cabeça com disparates; que se ele não cooperasse apanharia 15 anos de prisão e a sua licença seria revogada para o resto da vida. Por isso, ele bateu as calças e abriu o bico, sabe, cerca de trinta nomes de toda a cadeia de nós que andávamos a fazer negócios obscuros, incluindo o meu. Andaram a vigiar-me durante uns meses e, quando me apanharam, meses mais tarde, ameaçaram-me com 20, o que era obviamente muito para mim. Eu até fazia negócios obscuros, como vender receitas em branco, para dizer a verdade, é algo que se torna um vício quando se é corrupto neste tipo de trabalho. Não tanto pelo dinheiro, mas subconscientemente fazemo-lo para ajudar essas almas viciadas a consumir os seus doces e, por acaso, a ganhar um extra. Por isso, para não ir para a prisão, não tive outra alternativa senão ser tão maricas como o Lucas Sander e dar alguns nomes gordos do que eu achava serem as pessoas mais porcas e hipócritas de alguns dos principais hospitais de Nova Iorque... como tenho fome, porra! por um momento, a contar este disparate, esqueci-me... mas... apesar de ser ateu, gostava que mana caísse agora mesmo... juro que não seria tão ingrato como os israelitas...

# Capítulo 4

(11 de Fevereiro). Mais uma vez, não há aves. Isto fez-me lembrar alguns cartazes em algumas lojas do bairro onde se podia ler: "hoje não há batatas, não há melões". Não tive outra alternativa senão entrar na água até à cintura, de faca na mão, e fazer de pescador. Fiquei assim, sem mexer o rabo, durante talvez 3 horas, a rezar aos deuses de lovecraft para que me dessem peixe, mas nada. No final, não apareceu um único peixe. Nem um único.

12 de Fevereiro. Hoje foi mais um dia de sorte. Consegui activar o meu instinto selvagem e matei uma gaivota da mesma forma que a primeira. Infelizmente, não pude parar e torturá-la como estava a pensar, devido à fome frenética que tinha. Cortei a gaivota em dois e tirei-lhe imediatamente as tripas. E sim, comi-as! Não me importei com os excrementos salgados e viscosos, tinha muita fome e, em situações tão precárias, qualquer proteína e calorias extra o corpo agradece. Sempre pensei, quão misterioso é o corpo, quando já está fraco e de repente se come alguma coisa, seja o que for, uma força misteriosa devolve-lhe a vitalidade e o seu espírito começa a regressar como por magia. Estava a ficar muito preocupado. Debaixo de uma grande rocha em frente ao local onde matei o primeiro pássaro, alucinei durante alguns minutos, ouvi as vozes da minha mãe Lúcia e da minha ex, de quem me divorciei por ser uma cabra. Mas lembro-me mais de ouvir a voz incessante daquele colombiano que me tinha vendido alguns quilos de cocaína e heroína, e que me gritava do alto do céu como se fosse o meu anjo da guarda: "Deixa de ser maricas e snifa uma linha, esse pózinho vai tirar-te o cansaço e a fome. Vá, snifa-o. Não te vou mentir, mas, dizem, é delicioso. Pelo

menos era o que diziam alguns dos meus colegas, mas, sinceramente, nunca tinha experimentado nenhum psicotrópico, nem mesmo para a minha ansiedade generalizada e insónias de que sofria há 6 anos.

Lucas Sander suicidou-se, o cobarde, não creio que o tenha escrito. Pôs uma corda à volta do pescoço e enforcou-se no seu próprio escritório, no topo do luxuoso edifício 550 da Madison Avenue. Se me perguntassem a minha opinião pessoal, o que é que eu poderia dizer para além de um longo "hahahahahaha". Para ser sincero, ele deu um presente ao mundo, aquele maricas, foi a gota de água que fez transbordar o copo e, por causa dele, tudo se desmoronou. Nessa altura, eu queria recuperar a minha carta de condução. Alguns contactos tinham-me dito que era extremamente complicado, mas não impossível. Tinha de pagar pelo menos cento e cinquenta mil dólares de uma só vez. Nessa altura, tinha no máximo 40 mil dólares poupados de alguns negócios obscuros. Por isso, para o multiplicar, decidi ir ter com uma das minhas colegas de liceu chamada Dani Owen, mais conhecida por Pinky Lord. Que, por estranho que pareça, queria estudar medicina como eu, mas acabou por se dar melhor com o direito e as relações e acabou por estudar direito.

No bairro onde cresci, era conhecido como Pinky, o árbitro, porque interferia em todos os jogos sem ser chamado e começava a marcar faltas a toda a gente e, se não se gostasse dele, havia duas opções: ficar calado, ou duas; esquecer um par de dentes de galinha. E apesar de ser um mau rapaz, passou em todos os exames e licenciou-se com distinção na Ordem dos Advogados. Posteriormente, montou o seu próprio escritório de advogados por cima de um famoso bar-restaurante de cinco estrelas chamado July Wine.

Mesmo quando fecho os olhos, vejo-o a conduzir por aquela rua emblemática no seu clássico Camaro de 1960. Evidentemente, ele tinha-se tornado um dos maiores ladrões de dinheiro de Nova Iorque. Um figurão, um daqueles que são respeitados nos escalões superiores da elite. E nessa altura, eu sabia que o Pinky Lord podia fazer algo por mim. - É uma coisa arriscada de se fazer", disse ele. - Mesmo para mim, mas sei que és capaz de o fazer. Se me trouxeres alguma mercadoria, apresento-te a uns tipos, um deles em especial tem um alto cargo no governo do estado." Ele deu-me dois nomes, um colombiano chamado Juan Perez, que foi quem me forneceu a cocaína. E o outro era Lee, que trabalhava no governo, um químico farmacêutico filipino que estava envolvido na produção de heroína em grandes quantidades. Mas normalmente testava o produto no colombiano, porque também queria entrar no negócio da cocaína, que dava mais dividendos sem tantos riscos. O seu amigo, como ele lhe chamava.

O colombiano era um brincalhão e aparentemente adorava pregar partidas pouco engraçadas aos seus compradores, como encher os pacotes com bicarbonato de sódio ou pó de talco em vez de cocaína. Pinky Lord costumava comentar que, num daqueles dias maus, aquelas partidas infantis iriam custar a pele ao latino. E, aparentemente, foi o que aconteceu.

13 de Fevereiro. Hoje passou um pequeno avião, mas desta vez o azar estava do meu lado. Antes mesmo de tentar subir ao pequeno monte que fica no meio da ilha para poder ser visto, voltei a enfiar acidentalmente o pé no mesmo buraco que tinha feito quando estava a perseguir o primeiro pássaro. Infelizmente, desta vez não saí ileso: parti o tornozelo e não me parece nada bem, a dor é horrível.

Não imaginam o quanto gritei à distância enquanto o avião passava. Era impossível que eles me ouvissem, por isso atirei-me para o monte e, de repente, na minha excitação, perdi o equilíbrio. Tentei não cair, mas... mas caí, e imediatamente tudo ficou escuro e... quando voltei a mim, o sol tinha-se posto. Felizmente, não tinha perdido quase nenhum sangue devido à fractura de nível 3, chamada fractura composta em medicina. Estava apenas inchado como uma bola e tinha uma grave insolação.

Acho que mais uma hora ao sol teria queimado a minha pele e uma infecção ter-me-ia colocado em perigo. O melhor que pude, arrastei-me como uma barata. Depois, passei a noite a amaldiçoar-me com raiva pelo maldito descuido que tinha feito e que me levou a ter um acidente. O que não era bom para mim, numa situação que se tornava cada vez mais preocupante.

A ferida que fiz quando desmaiei no lado do meu parietal direito já está enfaixada. É um bocadinho de cuidado, é no início do couro cabeludo. Mas é só para prevenir. Nunca se sabe onde se pode apanhar uma infecção. Mas, para dizer a verdade, o que me preocupa agora é a fractura exposta do tornozelo. É claro que é uma conta séria, talvez 8 pontos.

Agora o problema é como é que eu vou caçar esses malditos pássaros com asas? Se ser saudável já era difícil, no meu estado acho que vai ser impossível... muito provavelmente aquele aviãozinho que passou há umas horas atrás andava à procura de sobreviventes depois da ilha Martin se ter afundado por causa da tempestade infernal. Bolas! Eles simplesmente não viram o bote salva-vidas. É a coisa mais segura a fazer. Se não tivesse parado. Ou talvez já não esteja onde o deixei. Deve ter sido levado pelo mar ou afundado. Merda! Duvido que volte...

Santa Maria e José! Que dor, é qualquer coisa... Sempre disse que os melhores cirurgiões são aqueles que já passaram por várias cirurgias em carne e osso, infelizmente eu nunca tinha passado por uma. Mas, apesar disso, ele era muito bom no que fazia. O bom de ser cirurgião é que só se faz as cirurgias e nada mais... não se preocupa se o doente está a sofrer ou não. O problema é quando nos acontece a nós, e temos consciência da dor terrível que acompanha uma ferida profunda de qualquer tipo, quanto mais uma fractura.

14 de Fevereiro. Coloquei, o melhor que pude, uma placa suficientemente longa com muitos seixos no lado norte do ilhéu. Onde inicialmente cheguei com o barco. Passei o dia inteiro ao sol a fazer isso. Estou muito cansado. Esqueci-me que fiz algumas pausas porque desmaiei algumas vezes com o sol escaldante. Lembro-me que as minhas calças estavam apertadas quando cheguei e agora parecem-me demasiado largas. Acho que perdi cerca de 8 quilos, e mais devido à desidratação causada pela insolação. De onde estou, consigo ver uma parte da mensagem que levei horas a fazer, algo como: "socorro, ferido, socorro". Garanto-vos que, se passar um avião como o outro, ele olhará para ela e eu serei retirado desta ilha detestável.

5

# Capítulo 5

Começo a sentir uma sensação de peso no local da fractura. Pior ainda, começou misteriosamente a ficar esbranquiçado, o que não é bom. Por experiência, sei que pode ser o início de uma infecção grave. E agora é quando eu menos quero que isso aconteça. Fiz um penso com um pedaço da camisa havaiana e, verdade seja dita, a dor diminuiu, mas continua a ser infernal e a minha única opção, por agora, é desmaiar de vez em quando. Tinha adiado escrever isto e não queria fazê-lo, mas... acho que vou amputar uma parte da minha perna antes que gangrene...

15 de Fevereiro - Porquê Deus, apesar de eu ser ateu? Não tem bom aspecto, está a piorar. O inchaço é terrível e a tonalidade já é roxa. Recuso-me a fazê-lo hoje. Só amanhã é que vou esperar. Gostava que viesse um avião hoje, porque se não vier, não terei outra alternativa senão... fazer a operação a mim própria. Felizmente, tenho fósforos para desinfectar a faca afiada em água e um pouco de linha e agulha para coser a ferida. E a minha camisa de flores que vou usar como ligadura para estancar um pouco a hemorragia. Ah, já me esquecia, e graças aos céus pelos imortais, tenho mais de um quilo de heroína e alguma cocaína. No início estava relutante, mas na situação extrema em que me encontro: quem é que se importa? Além disso, é o que os meus pacientes costumam tomar, antes e depois de uma operação dolorosa na clandestinidade. O bendito analgésico dos deuses. No entanto, para dizer a verdade, na cirurgia formal regulamentada não

é algo que eu lhes forneça, mas acreditem, a grande maioria deles adoraria se lhes fornecêssemos estes dois em combinação.

16 de Fevereiro. Já esperei demasiado tempo, não há alternativa. Decidi-me e hoje vou amputar a minha perna. Já perdi a conta ao número de dias que passei sem comer, 4 ou 5. E se deixar passar mais um, é muito provável que corra o risco de desmaiar a meio da operação, devido à falta de energia e ao impacto traumático, juntamente com a perda de fluidos vitais. E, nesse caso, estaria a correr um perigo real. Uma hemorragia grave poderia, "Deus me livre", fazer-me sangrar até à morte. E essa é uma das piores mortes que não quero experimentar. E sim, tenho de admitir que, por muito mau que seja, quero continuar vivo como o homem mais nobre do mundo. É que ninguém quer morrer, e só quando se está numa situação destas é que se pensa em fazer as coisas como devem ser feitas. Mas é apenas um momento, uma vez passado o perigo, voltamos aos nossos velhos hábitos, à psicologia humana. Poucas pessoas têm integridade, aquelas que fazem o bem independentemente de estarem sozinhas ou diante de uma autoridade.

Ainda me lembro das palavras do velho Sam. Estudioso e professor de anatomia no instituto: "quando menos se pensa nisso, esta questão coloca-se no gabinete de cada especialista: até que ponto um doente pode resistir a um choque traumático numa cirurgia? Depois, apontou para um desenho único que mostrava todo o corpo humano seccionado em partes: o coração, o fígado, os rins, o pâncreas... e deu-nos imediatamente a resposta. A resposta é demasiado fácil, jovens. E é outra questão: quanto tempo é que o doente quer sobreviver? disse laconicamente, com os olhos bem abertos como pires.

Sinto-me capaz de o fazer. Já carreguei centenas destes e este será mais um... neste momento não sei porque continuo a escrever, mas estou a fazê-lo. Embora, para dizer a verdade, o que estou a fazer é enganar-me a mim próprio. Estou a fazê-lo para adiar o inevitável, ou talvez seja porque preciso de vos dizer porque raio vim parar aqui. E acho que é altura de o fazer agora, quero dizer, não deixes que tudo corra mal... não vou demorar muito. O sol está a nascer no horizonte e, de acordo com o meu relógio de pulso Casio, que já não mostra qualquer hora, devem ser quase nove horas, altura ideal para terminar a operação mais cedo. Para começar, então... fui para a ilha de San Martin, algures nas Filipinas, como qualquer turista à procura de diversão em países do terceiro mundo. Milhões de pessoas vão lá todos os anos para fazer de tudo. Desde acampar, sexo barato ou fazer passeios de barco ou de cruzeiro e dar uma volta pelas dezenas de ilhas vizinhas. Depois de ter feito sexo selvagem com algumas filipinas, encontrei-me com os tipos que mencionei; o colombiano e o filipino lá em cima no famoso navio de cruzeiro Martin Island da empresa com o mesmo nome. Uma empresa que possui vários navios de cruzeiro e áreas de diversão.

Fiquei cerca de uma semana e pouco no país, depois tinha reservado outro cruzeiro da mesma companhia que me levaria a casa e partiria de Manila. Obviamente, não sem antes apanhar um pequeno barco turístico para lá chegar, no qual levei o produto ilegal que agora tenho nas mãos. Não foi muito difícil porque o meu parceiro filipino fez alguns acordos com alguns agentes aduaneiros e eles trataram de o colocar no barco. A parte mais difícil, obviamente, seria passar pela alfândega americana quando chegasse aos EUA, foi o que os meus camaradas me avisaram. E isso já não era problema deles.

Por isso, telefonei ao Pinky Lord e ele contactou uns mergulhadores por 4 mil dlls e eles tiraram-no da água. Assim que chegámos ao navio de cruzeiro, comecei a procurar um cozinheiro que quisesse ganhar dois mil dólares para pôr os sacos dentro de cerca de 8 latas e eu atirá-los-ia ao mar antes de aterrarmos nos Estados Unidos. Mas o miserável navio de cruzeiro afundou-se. Mas não sei bem porquê. Só sei que houve uma tempestade infernal no meio do mar, mas, segundo a minha experiência, tais tempestades ou vendavais não deveriam ser um problema para um navio de cruzeiro como o Martin Island, com várias centenas de toneladas e de enormes dimensões.

No entanto, ao dirigir-se para o convés inferior, penso que houve uma explosão inicial que foi sentida no andar de cima, para onde eu estava a ir. Estava na zona do bar buffet, a bebericar um martini de camarão, quando de repente as pessoas começaram a correr como loucas, enquanto centenas de copos nas prateleiras ao fundo se estilhaçavam em mil pedaços e se ouviam gritos por todo o lado. De um segundo para o outro, os altifalantes começaram a tocar em todo o local com uma mensagem sinistra: todos deviam dirigir-se imediatamente para os botes salva-vidas que tinham sido atribuídos a cada um deles antes da visita, num exercício que era feito antes da partida. Vale a pena referir que sou sempre extremamente vigilante quando a minha pele está em risco. Assim, corri imediatamente para o meu camarote, a cerca de 50 metros do local onde me encontrava em baixo.

Evidentemente, o que é que acham que ele pretendia? Obviamente, salvar os saquinhos cheios de ouro branco no valor de centenas de milhares de dólares e combinados a um preço elevado, talvez superior a um milhão.

Enquanto corria na direcção do local onde deveria estar o meu barco salva-vidas, houve mais alguns solavancos devido a uma forte explosão secundária, e foi então que o cruzador começou a inclinar-se de forma muito perigosa, enquanto eu corria loucamente pelas escadas acima com o coração acelerado. E cheguei ao convés com os pulmões a trabalhar a fundo. Havia pessoas que saltavam loucamente para a água e outras que caíam descontroladamente para o interior do cruzeiro que se precipitava para uma inclinação assustadora, tal como o Titanic. Havia um homem de meia-idade a arranhar e a arrancar o cabelo, imagino que por desespero. E no outro extremo havia um homem, talvez da mesma tripulação, que corria descontroladamente, batendo-se com qualquer coisa a que pudesse deitar a mão, talvez devido à dor intensa das suas queimaduras de nível três, as mais graves. De notar que, desde a primeira explosão até às outras, decorreram no máximo sete minutos.

O pânico e o terror eram inegáveis, e tinham-se espalhado dos passageiros para a tripulação como um vírus sangrento. Alguns dos botes salva-vidas estavam cheios até à capacidade máxima. O meu, o número 10, era só para um empregado e para mim. -Vamos pôr o barco na água antes que isto se afunde", disse o empregado com alguma pressa. - Não é assim tão complicado, felizmente fiz um par de cursos e é mais fácil do que se pensa", acrescentou. Infelizmente, devido aos seus nervos, que eram mais do que evidentes, o idiota fez uma confusão com as cordas e... bem, primeiro começou a baixar o barco alguns metros, eu estava lá dentro, tentei dar-lhe uma mão e puxá-lo para cima, mas nesse momento ele deu um grito de horror aterrorizado. Felizmente, em segundos conseguiu desfazer o nó, mas nesse instante a corda agarrou-lhe a mão por acidente e escorregou por cima dela, deixando a sua carne vermelha, e ele foi imediatamente atirado para cima como uma marioneta pelo peso do barco. O aspecto do homem quando voou pelo ar e caiu, de uma altura provável de cerca de 4 metros, é uma incógnita. Consegui, em segundos, subir pela corda, desatar o outro nó, baixar o barco e, sem perder tempo, comecei a remar com todas as minhas forças para longe do monstro que estava prestes a morrer. Felizmente, tinha experiência porque era algo que tinha feito como passatempo na minha juventude em algumas casas de conhecidos ricos que tinham casas com lagos.

Mas ao contrário dessas vezes, isto não era por prazer, aqui a minha pele estava em risco. Eram apenas alguns minutos que eu tinha para sair da zona de morte. Parecia que estávamos a jogar corridas de barco ao longe, mas não, era a minha vida que estava em jogo. Porque assim que o monstro de centenas de toneladas se afundasse completamente, a sucção colossal que iria gerar arrastaria obviamente tudo o que estivesse no seu raio de acção para o fundo. Dois minutos depois, o monstro afundou-se e, apesar da minha distância, o poder de sucção era tão forte que tentou levar-me com ele. Por isso, tive de remar com tudo o que tinha, não tanto para escapar como para ficar no mesmo sítio e não ser arrastado. Da minha posição, podia ver como dezenas de barcos eram engolidos pelo abismo, enquanto gritos de terror pairavam no ar, até que, passados alguns minutos, tudo parou.

As horas passavam a correr, mas a tempestade não cessava. Pelo contrário, a tempestade era como se Satanás a tivesse soprado com mais força, e cheguei mesmo a perder um dos remos. Naquela noite fria e escura, passei um mau bocado, tentando manter o barco a flutuar, mas a água corria furiosamente e, em várias ocasiões, estive à beira de virar ou afundar. Nas primeiras horas da manhã, a ventania era violenta, fazendo com que o barco começasse a ganhar uma velocidade infernal, mas, pelo menos nos meus pensamentos, eu repetia vezes sem conta: "pelo menos estou a andar, vamos até ao fim do mundo. Talvez assim consiga chegar a terra". Não sei quantas horas fiquei na incerteza, mas de repente as tábuas do barco começaram a ranger e a fender-se, mas não se afundou, e isso porque tinha encalhado, tinha chegado a uma zona rochosa pouco profunda a norte da ilha onde encalhei. Não sei mesmo onde estou. Geografia nunca foi algo em que me destacasse. Mas de uma coisa tenho a certeza absoluta, e é isso que vou fazer dentro de alguns minutos.

Talvez estas linhas sejam as minhas últimas, mas, apesar da incerteza, tenho um palpite lá no fundo que me diz que tudo vai correr conforme o protocolo. Claro que vai! É melhor que assim seja, porque se eu morresse, de certeza que não iria para o seio de Abraão, mas para aquele lugar de castigo que a igreja tanto apregoa. No início, preocupava-me o facto de ficar aleijado, mas agora isso é algo que foi posto em segundo plano. Felizmente, a tecnologia avançou na última década e não será difícil usar uma prótese. Penso que poderia continuar a minha vida normal com uma. Além disso, seria apenas uma perna, tudo estaria no sítio. Acho que chegou a altura. É altura de provar como Jacob Mart é um grande cirurgião.

# Capítulo 6

17 de Fevereiro. Estou a gargalhar hahaha, não fazem ideia: consegui hahahahahaha. A dor lancinante é agora a minha menor preocupação, porque sei que a posso aguentar. Além disso, ninguém morre de dor. Mas eu tinha medo, que tudo junto; a fome e a falta de energia pregassem uma partida ao meu corpo e eu desmaiasse sem acabar, era demasiado arriscado e assustador para sequer imaginar. Mas sabes que mais? A mistura abençoada de heroína combinada com cocaína fez magia no meu cérebro... Peguei num saco e fiquei a snifar, acho que duas linhas de cada. Antes de começar o corte, ha! fez imediatamente efeito, esbatendo a dor instantaneamente. que bom sedativo que é, posso dizer-vos. Quando finalmente os meus olhos se abriram de novo, o sol já não estava no céu e, quando voltei a mim, eram talvez quatro horas da tarde. Uma parte do meu corpo estava ao sol e a outra à sombra, pelo que estava a contar, cerca de 6 horas. Que sensação maravilhosa, nunca imaginei isto... embora, francamente, tivesse medo de fazer a operação, mas quando a provei, senti como se São Pedro me tivesse dito: "entraste no céu".

O medo desapareceu como por magia. Nesse instante, apercebi-me de que o poder que tinham sobre o corpo ia para além da redução da dor, dando-nos a sensação de estar no seio de Abraão, se é que isso existe. Agora percebo porque é que a maioria das pessoas, quando experimenta, fica viciada. Querem mais, mais e mais. Esse efeito paradisíaco que nos dá, é tão, como é que posso explicar?

A meio da operação, a agonia da dor tornou-se mais pessoal. As sensações antes de desmaiar surgiam em cada respiração. De antemão, olhei para os sacos de ambos os medicamentos, mas estava relutante em tomá-los. Sabia que, se adormecesse a meio da operação, o mais provável seria esvair-me em sangue. Por isso, contei de trás para a frente até trezentos ou quatrocentos. O problema era a perda incessante de sangue, que era o factor dominante nessa altura. Como especialista, sabia que, se continuasse a perder líquidos, a minha morte seria irremediável.

Não é a mesma coisa que uma cirurgia controlada num local com tudo o que é necessário, onde se um doente sofre uma hemorragia violenta, o sangue pode ser dado imediatamente. Mas aqui, no meio do nada, como? Tudo o que eu tinha perdido era irreversível, até que a minha própria medula criasse mais, mas isso levaria tempo. Para além disso, não tinha o material adequado, como hemostáticos ou gaze ou o que quer que fosse para me ajudar a parar uma hemorragia. Acho que comecei a operação por volta das 9:20... e terminei o mais tardar às 10:30. Uma vez terminada a operação, o poder da heroína atordoou-me e eu caí num sono profundo, como já referi, em que uma escuridão me envolveu e eu não sabia mais nada.

Quando finalmente acordei de um segundo sono, eram quase cinco horas. E o sol estava a terminar o seu pôr-do-sol. Não demorei muito tempo a ficar sóbrio e a voltar a snifar mais heroína e a apreciar a beleza do pôr-do-sol. Algum tempo depois do anoitecer, eu... esperem um minuto, ainda não vos tinha dito que não comia nada há mais de 5 ou 6 dias, por amor de Deus! Bem, deixem-me confessar que devorei crua a única coisa a que consegui deitar a mão. E sim, talvez saibam do que estou a falar: o meu próprio pé, e 3 centímetros do tornozelo para cima, devorei tanto que fiquei completamente satisfeito.

Como tenho vindo a dizer. Na sobrevivência para além da resistência, é tudo mental. E, obviamente, só mentes inquebráveis o fariam. Mas não quero gabar-me de que outros não o teriam feito, mas posso garantir-vos que poucos o fariam. Quem é que se importa com isso? No fim, ninguém vai ler esta porcaria. Depois de sair deste maldito ilhéu, a primeira coisa que vou fazer é livrar-me deste caderno. Sabem, também não sou um porco para o ter comido assim, é óbvio que lavei o pé na praia. .... Devo dizer que sabia um pouco a galinha crua e era muito duro, mas nada que o ácido do meu estômago não conseguisse digerir.

18 de Fevereiro. Onde se forma o coto dói-me imenso. Por momentos, penso que estou a alucinar com a dor, e isso faz com que os meus dentes rangam com a força de os apertar. Até já se lascaram de tanto fazer isso. Mas isso não é nada, o processo de cura é terrível, muito pior. De manhã, lembrei-me dos meus pacientes quando me tinham deitado de costas a queixarem-se que tinham comichão e que queriam coçar... mas, hahaha e ri-me muito. Por fora tinha um ar preocupado, mas por dentro ria-me alto e dizia palavrões. Pensava que eles eram fracos e que não aguentavam nada, mas agora percebo perfeitamente. Estive algumas vezes à beira de arrancar a minha camisa de ligaduras florida e arranhar-me até à morte, enfiando os dedos na carne a sangrar, arrancando os pontos e jorrando sangue só para não sentir mais aquelas malditas sensações de merda: comichão, dor e outra coisa difícil de entender se não a tiveres vivido... para quê explicar em termos profissionais, se já não suportas esta história.

Peguei no saquinho de heroína que, entre nós, foi o que mais me fez efeito... Não sei quanto snifei até agora, mas de uma coisa tenho a certeza: estou completamente dopado desde que cortei o pé. E como devem ter reparado, que se lixe a fome, foi-se. E não sei se a tenho agora, mas a minha boca está amarga como se não tivesse lavado a boca durante um mês e tenho hálito a vómito. Mas se tenho fome, acho que não. Sei que com uma pequena ajuda posso ignorá-la, embora, segundo a minha experiência, não deva fazê-lo, uma vez que a heroína não tem teor calórico em teoria, por isso, para medir a minha energia, fiz um teste e rastejei de um lado para o outro, para ver até onde era capaz de me esgotar. Só peço ao deus de Espinoza que não faça outra intervenção. Falo nisso, com o facto de não ter comido. Bem, o pé conta, mas já há uns dias que não o cago.

Há algumas horas, passou um desses aviões comerciais, um dos que podem estar a ir para uma grande cidade das Filipinas. Por isso, é normal que não tenham visto o meu sinal nem ouvido os meus gritos. Quando desapareceu no horizonte, chorei como um bebé.

A noite chegou e já não me é possível continuar a rabiscar... não fazem ideia de quando me imaginei num buffet com dezenas de pratos de todos os tipos que gostaria de pôr na boca e saboreá-los todos ao mesmo tempo. O rosbife de sábado que faziam em casa do meu amigo Poly, camarão com molho de chili, cerveja artesanal, as carnes marinadas que fazem no Little avenue no bronx, tarte de todos os sabores, cerveja irlandesa a melhor, frango cantonês, comida chinesa, salmão frito, atum com cebolinhas, pão de sultana com alho, amêijoas com o seu molho, caranguejos à muarti, batatas fritas, hambúrgueres, gelado de chocolate....pêssegos... merda! Só de imaginar já me dá água na boca... 300, 299, 298, 297, 296...

19 de Fevereiro. De manhã, uma gaivota rechonchuda empoleirou-se na mesma grande rocha cheia de caca de pássaro, enquanto eu descansava em frente a outra grande rocha à sua sombra. Aquela que já considero a minha própria casa. Eu tinha o meu coto a apontar para o céu. Assim que o vi, parecia um lobo esfomeado a babar-se perante uma presa requintada. Assim, uma pedra um pouco maior que a minha mão e calmamente comecei a deslizar em direcção à ave. Vale a pena referir que não tinha qualquer esperança, mas em situações como esta, há que pelo menos tentar. Porque, se

provavelmente a acertasse, o mais certo seria adiar a segunda operação.

Não parei de maneira nenhuma, embora o chão estivesse cheio de pedras que me magoavam o coto e me faziam contorcer de dor. E, no entanto, não parei. A fome era atroz e eu tinha de continuar se quisesse sobreviver. O pássaro altivo, para meu espanto, não voou ao ver-me quando se virou, mas fez o contrário, olhando-me altivamente com os seus olhos esbugalhados, por vezes, selvagens, e, notoriamente, não tive outra alternativa senão ficar inerte. Ele andava de um lado para o outro sobre a grande rocha, como um general a passar em revista. Quando começava a bater as asas, dava-me um pavor na alma pensar que ia levantar voo e que todo o tempo e esforço iam por água abaixo. Sinceramente, perdi a noção do tempo, talvez 10 minutos ou uma hora. Parece inacreditável, mas aquela cabra esteve ali durante muito tempo. A cada milímetro que me aproximava, o meu coração parecia que ia rebentar no peito, e eu babava-me cada vez mais só de o imaginar assado com molho de alho. Por um momento, pensei que ela estava a pregar-me uma partida de mau gosto, que estava a gozar comigo por causa do meu estado... Tive medo que, antes mesmo de a atacar, ela levantasse voo, a maldita. Todo o meu corpo estava dormente, talvez fosse a minha abstinência de uma das duas drogas. Ainda bem que eu tinha muitas delas naquela altura do vício. Acho que passaram umas duas horas, no máximo, desde a última vez que snifei, e talvez tenha sido por causa disso. Posso jurar que, quando regressar aos Estados Unidos, vou fazer uma operação no melhor centro de desintoxicação de Nova Iorque. Caso contrário, ao ritmo a que estou a ir, vou acabar muito mal. Conheci tipos que tentaram uma vez e depois vi-os a vaguear pela Big Apple à procura de comida nos caixotes do lixo.

# Capítulo 7

Quando finalmente consegui aproximar a ave o suficiente para não falhar, de acordo com a lógica, parei e voltei a distanciar-me, mas algo me dizia que podia falhar, por isso continuei com a odisseia da dor a rastejar como um insecto durante mais alguns metros, suado e dorido. Sinto que os meus dentes estão a apodrecer rapidamente, se eu fosse um daqueles tipos supersticiosos que acreditam em disparates diria que foi porque comi o meu próprio pé cheio de bactérias, claro que não! haha Acho que eles não percebem essa ideia, certo? Nunca tinha tido um pássaro tão perto de mim, no máximo um metro e meio. Por isso, fui tão duro com a maldita pedra. Mas algo lá no fundo estava a hesitar quando a atirei. Era como se o meu anjo da guarda me estivesse a dizer: "Se falhares, é morte certa".

E o meu demónio interior dizia-me: "mata-a, mata-a". Por esta altura, já não me interessava vender a droga que tinha, que eram quilos, mas tinha pensado numa coisa melhor; processar os cabrões da ilha de São Martinho, os donos dos navios de cruzeiro, e eles lembrar-se-iam de mim para o resto das suas vidas miseráveis, enquanto eu viveria como um magnata para o resto da minha vida... Pela sua indemnização. Sinceramente, eu sabia que, se não tivesse hesitado, tê-la-ia apanhado e comido viva, mas a desgraçada levantou voo. No seu repertório, tenho a certeza de que não há tantas maldições e insultos como os que lancei à ave. Amaldiçoei-o com toda a minha alma. Ao mesmo tempo, atirei-lhe a pedra com toda a minha força, e sabem que mais? aconteceu um milagre. O pássaro no ar voou durante uns segundos e pimba! aterrou do outro lado do monte de que falei, o que está no meio do ilhéu. Mas não sem antes dar um grito de terror porque sabia que o Pai Natal vinha buscá-la.

A cacarejar, corri com um pé para o outro lado da ilha, talvez 300 passos com um pé. Parecia um canguru louco a andar à pressa. Quando finalmente cheguei ao outro lado, olhei para ela, ensanguentada e a tentar recuperar, tinha-lhe partido visivelmente alguma coisa nas asas, mas ainda estava boa para ela. O seu instinto de sobrevivência entrou em acção e ela começou a saltar e a dirigir-se para a margem, eu segui-a naturalmente com toda a velocidade que um pé podia reunir. E que graça! À distância, dir-se-ia que se tratava de uma corrida só com um braço.

Podia tê-lo agarrado sem medo no chão rochoso, mas sabe, sou extremamente cuidadoso com as minhas mãos, e se me tivesse precipitado sem medo, podia tê-las partido. Além disso, já as tenho suficientemente dilaceradas, e é evidente que vou precisar delas. Já não tenho o meu relógio de pulso que, embora já não funcionasse, me dava uma ideia das horas. Passou pela pedra e partiu-se, e eu tirei-o por causa das lascas.

Já não sei que insultos tenho para dizer a essa ave... mas ela não parou e mergulhou na água aterrorizada, como se fosse um dos demónios que foram atirados aos porcos. Sem pensar, disse: "Bem, pelo menos apanhei-a a flutuar", e mergulhei, mas só consegui desalojar um punhado de penas do seu traseiro, porque caí de cara no chão e comecei a afogar-me. Acelerei o ritmo e comecei a nadar para o mar em direcção ao pássaro. Mas a ligadura do meu tornozelo começou a desfazer-se. E só por isso, apercebi-me que estava prestes a cair na borda de um buraco no mar, o que só de pensar me faz revirar o estômago e arrepiar a pele. É claro que poderia ter nadado um pouco, mas o mar teria sido a minha morte. Assim, com todo o meu desânimo, decidi voltar. Chorei como um bebé e amaldiçoei toda a gente. Naquele momento, desejei ser engolido pelo mar.

Da minha posição, ainda conseguia distinguir o pássaro astuto que se perdia cada vez mais no mar. Da maneira como estava a correr, aquela ave ia sem dúvida tornar-se presa de outro predador. Parece-me pensar ou alucinar que, por um momento, implorei misericórdia ao deus de Espinoza ou ao papa para que o pássaro regressasse, mas que raio estou eu a dizer, sou ateu, um desses ateus grotescos que negam tudo, mas fazemo-lo por moda, não por convicção. Não me parece justo, disse para mim próprio. Tanto esforço para nada. Além disso, aquele pássaro, se não for devorado do outro lado da ilha, de frente para mim, provavelmente chegará morto ou morrerá nas próximas horas por causa dos ferimentos. Não posso acreditar, vou ter de gastar a minha única energia para regressar ao meu acampamento, se é que lhe posso chamar isso.

Demorei mais de uma hora a percorrer os 150 metros. O meu corpo doía-me imenso depois da adrenalina. Assim que cheguei, tomei algumas linhas de heroína, mas ainda não me tinha livrado da minha raiva contra o pássaro que só me provocou durante um par de horas.

21 de Fevereiro. Hoje é-me difícil até falar. Depois de ter cortado o outro pé, enfaixá-lo com parte das minhas calças consumiu toda a minha energia. Depois de ter cortado o meu outro pé, enfaixá-lo com parte das calças consumiu toda a minha energia, ha! podem imaginar a baba que produzi quando cortei o meu outro pé direito. E acho que sabem porquê... Sabor a frango delicioso, ainda mais saboroso que o da gaivota. Devorei-o com engasgamento, sem me esquecer de chupar o osso. Mesmo nesta situação, sabia melhor do que alguns pratos caros que experimentei no Dubai em 1967, é que quando se tem uma fome feroz, tudo sabe a glória.

21 de Fevereiro. Caiu um aguaceiro quase tão forte como há dias, quando cheguei. Não sei quanto tempo durou, mas fazendo

cálculos, penso que foram cerca de 20 horas sem parar. Por isso, tive de rolar algumas pedras sobre a rocha grande para fazer uma pequena protecção. Pus-me logo em posição fetal para esperar que tudo passasse. Tenho de confessar gaguejando para mim mesmo que… hahahaha, sabem, apanhei uma aranha suculenta debaixo de uma pequena pedra que estava perto de mim e mastiguei-a sem piedade. A explosão de sabores exóticos e indescritíveis foi uma catarse para o meu cérebro. Era algo como uma bomba de secreções purulentas, mas tinha um sabor delicioso.

A minha única preocupação naquele momento era que as duas pedras pesadas e alongadas que me impediam de ficar encharcado caíssem em cima de mim. Se caíssem, partir-me-iam o crânio, mas valia mais a pena do que ficar ao relento, mas numa situação tão precária acho que não me importava muito. Mas, numa situação tão precária, acho que não estava realmente interessado, pois não?

Passei todas estas horas tão pedrado com heroína e cocaína que, sinceramente, perdi a noção do tempo e da realidade. Talvez o vendaval tenha durado mais de 2 dias ou não sei. Embora eu não saiba. Para dizer a verdade, lembro-me que escureceu duas ou três vezes.

Já não sinto qualquer dor ou comichão nas minhas feridas. Acho que me vou aguentar. Não é por acaso que me chamam o grande Jacob Mart, o prestigiado cirurgião da zona mais exclusiva de Nova Iorque.

Como eu odeio isso. A vida é tão singular. Por vezes, faz-nos passar por uma odisseia de coisas e de grandes sacrifícios e, quando o conseguimos, tira-nos tudo num instante, para acabarmos no meio do nada ou na miséria. Pelo contrário, outros sortudos gozam a vida sem passar por situações de sofrimento ou miséria. E é talvez por isso que me tornei ateu. Porque nada do que vi neste mundo ou na natureza se baseia na justiça. A maioria dos injustos é recompensada e os justos são castigados - que justiça religiosa!

Agora que falo nisso, lembro-me que, quando era miúdo em casa, costumávamos receber a visita de um padre anão que adorava falar do pecado e que, se fizéssemos coisas más, iríamos para o inferno e as coisas boas para o seio de Abraão. Eu até me divertia quando ele dizia, no seu tom mordaz e julgador: "os pecadores vão para o inferno e não há maneira de voltarem ao paraíso quando lá chegarem". Gritava.

Na noite em que escrevi isto, passei-a a sonhar com o padre Zacarias com a sua voz lacónica e justa a repreender-me: "maldito pecador Jacob Mart, o inferno espera-te num lugar, oh sim! vais sofrer muito pelos teus pecados; esses bordéis são do diabo, fazem negócios obscuros e um longo etc.". Mas eu gargalhei e rebatei-o com um longo: "hahahahahahaha, se este não é o famoso inferno dá-me o endereço para onde ir, seu idiota. Só os fracos são pecadores. Para mim, os únicos pecadores que merecem o "inferno" são aqueles que desistem perante qualquer adversidade. E eu, claramente, não vou desistir. Nunca desistirei...".

Devo dizer que passei a maior parte do dia a delirar, e a outra parte com dores agudas e desconforto em ambas as feridas. Além disso, a humidade tende a aumentar as dores na carne do homem. Mas claro que não, isto não me vai fazer desistir, talvez o meu riso seja agora nervoso, mas não me vão ver chorar. Não é por acaso que já passei talvez mais de 60 horas a sofrer, e aqui estou eu no fundo do poço.

# Capítulo 8

23 ou 26 de Fevereiro. Consegui rastejar o melhor que pude para o outro lado da ilha, na esperança de encontrar comida morta, mas nada. De qualquer modo, encontrei alguma madeira projectada pela tempestade. Uma vez do outro lado, aproveitei para saciar a minha fome, arrancando algumas algas presas às rochas da costa, e comi-as. Embora me apetecesse atirá-las pela boca fora, contive-me. Graças a isso, recuperei algumas forças. Sinto-me melhor do que quando acordei esta manhã. Pelo menos na minha alma. A madeira está a secar para o que tenciono fazer. Felizmente, ainda tenho alguns fósforos com os quais posso fazer um grande sinal com a madeira, para o caso de passar um navio. Ou posso fazer um assado da minha própria carne. Se precisar de mais proteínas. Dito isto, vou snifar mais um pouco da substância branca.

29 de Fevereiro... À tarde tive sorte, encontrei um caranguejo e o que é que acham? Devo-lhes isso; torturei-o durante algum tempo e depois cozinhei-o em lume forte e comi-o quase sem o mastigar. Hoje quase deixei de ser ateu, bem, quase acredito em Deus, mas no Deus de Einstein. Eu sei que foi uma piada de mau gosto, mas se me dão licença, estou a tentar animar-me, a minha mente resiste a ser fraca.

Não mencionei que fui para o outro lado da praia há dias, o vendaval de há dias fez desaparecer o sinal de pedra que tinha feito, por isso já não estou a contar com isso. Tenho de reduzir o consumo de heroína, pois tenho abusado dela e está a deixar-me demasiado sonolento. E se calhar nessa altura passou um barco e eu não dei por ele, e se passou um avião ou um barco e eu estava a dormir? Foi por isso que criei o sinal e agora que ele se foi, tenho de ficar acordado. Já que não tenho forças para o fazer de novo. Tenho de parar de vaguear e de me afastar dos sacos.

28 de Fevereiro... Merda! Quase cortei o dedo, mas fiz melhor do que isso; um corte limpo acima do joelho. Infelizmente, perdi muito sangue. Porquê contar-vos o espectáculo? A dor era de nível divino. Acho que nem todos os maricas aguentam esse tipo de dor. Mesmo com a heroína e a cocaína combinadas, parecia que era à flor da pele. Um choque profilático teria mandado 99,9% para um sono profundo, mas eu sou aquele 1% extra que não desiste. E é por isso que coloco agora uma questão: até onde é que alguém está disposto a sobreviver numa situação tão extrema? Por que razão e por quem é que quer sobreviver?

As minhas mãos estão a tremer muito. Se me falharem na minha próxima intervenção: estou acabado. repetia para mim próprio vezes sem conta. Mas grito às minhas mãos para que nem sequer pensem em fazer isso, porque são a parte mais importante do meu corpo e aquelas de que mais tenho cuidado. E um brinde a elas se me falharem. Porque se isso acontecer, pagarão caro por isso. Felizmente, perto de mim havia um pedaço de madeira com uma ponta numa extremidade, e usei-o para o espetar e segurar o resto do meu vitelo para o assar em lume brando. Sabem, o cheiro lembrava o porco assado que eu comia em casa do Marshall todos os domingos quando me convidavam, acompanhado de batatas fritas e cerveja gelada.

1 de Março. Hoje cortei a minha outra perna pelo joelho. Num dia e pouco devorei-a completamente, e são vários quilos. Como um frango assado. Depois disso, a sorte visitou-me e encontrei um peixe podre bastante grande e engoli-o, apesar de exalar um cheiro grotesco semelhante ao dos órgãos genitais de algumas prostitutas dos bairros de lata de Nova Iorque que cheirei uma vez. Sabia a lula em tinta, mas

com molho de cocó. Obrigado a quem descobriu o herói que me tem mantido à distância das dores e dos sabores desagradáveis.

Que se lixe o raio das datas nesta altura. O que é que elas importam. Dias? Eu não sei quantos já passaram. Só sei que estou a morrer de medo. Eu não queria tomar esta decisão, mas não há escolha. Tenho de ir para a frente com isto. Tenho as minhas dúvidas sobre como fazer uma ligadura eficaz da artéria femoral direita na parte superior da coxa. Demasiado grossa para cortar o osso, pelo menos se a ligar não me vou esvair em sangue e posso cortar o osso em meia hora com a faca serrilhada que fiz com umas pedras para fazer pequenos dentes como uma serra. Já marquei com o lápis onde devo fazer o corte. Sangrou um bocadinho, mas nem se compara com a explosão de sangue quando a faca entrou quando fiz o corte. Acho que me tornei viciado na minha própria carne. Que as minhas glândulas salivares já estão inconscientemente a produzir saliva em excesso e eu ainda nem sequer comecei. Sim, admito-o; tem um sabor delicioso. Não sei porque não o provei antes, pelo menos de alguém que não fosse eu. Se me safar desta, tenho de pensar muito seriamente em não me tornar num maldito canibal como o Hannibal Lecter.

Oh Deus dos Aztecas! Quetzalcoatl ou quem quer que esteja a ouvir, não achas que eu mereço uma pausa? Vou levantar-me e atravessar a grande maçã até ao melhor Burger King da zona e pedir o combo familiar composto por 5 hambúrgueres e um saco de batatas fritas com carne frita, cebolas e pickles e, claro, o molho picante de que tanto gosto.

Sinto-me como se estivesse a flutuar, não sei... esta manhã fui à praia beber água do mar e pude ver a minha cara, e o que vi foi Santa Maria e José! o que vi foi como uma entidade diabólica: uma caveira e ossos cruzados com um saco de pele. Estou a ir para o osso. Ou talvez seja apenas um delírio meu, uma alucinação. Mas não sei, estou a revelar o que sou por dentro, um monstro miserável. O mais estranho é que, apesar das minhas alucinações, não me esqueço de me drogar.

Não sei, mas talvez esteja a entrar em meados da primeira semana de Março. Hoje vou começar por outra área do meu corpo que adoro e que é muito rica em proteínas. Vou cortar os meus ovos. Devem estar a pensar que é uma piada. Não. Leste bem. As gónadas, os testículos ou, dependendo do teu estatuto social, vais perceber. Demasiadas proteínas e aminoácidos nesse par de bolas. O mau é que quando eu voltar à vida citadina e quiser ir a um bordel para, sabem, foder uma puta, o que é que acham que eles vão dizer a si próprios: "Ele é maricas...". Eu percebo, vou parecer um boneco que tinha quando era miúdo e a quem tirei todas as partes mecânicas, deixei tudo inútil. Estou a tornar-me um pedaço de tronco com cabeça. Acho que a última vez que me pesei, pesava 88 quilos, e agora, pelo que vejo, não chego a pesar 50. Talvez já não seja um humano, talvez seja um caranguejo rastejante. Sim, um caranguejo que rasteja na praia e que é viciado em heroína. Oh, meu Deus! Um pequeno caranguejo, um lindo pequeno caranguejo. Como diz o ditado, "tu és o que comes".

Mais um dia, que se lixe... Agora, literalmente, sou um homem sem tomates. Pelo menos, ontem à noite, tive um sonho agradável com o meu pai. A propósito, o meu pai, quando estava a beber vinho até ao cu, curiosamente esqueceu-se do francês e só falava em inglês, embora nunca dissesse nada de interessante, apesar de na sua juventude ter sido pugilista. Porco nojento. Pelo menos vi-o morrer e vi-o quase a pedir perdão à minha mãe no seu leito de morte. Ele gritava coisas como: "É aí que me dói o rabo. Dá-me qualquer coisa para as dores, Lúcia, como a minha mãe se chamava. "Foste tu que provocaste o teu fim, seu porco", gritava uma parte de mim sem voz.

Não que eu não fosse passar com distinção, olha para mim! Já fui um dos melhores, "alcoólico miserável". E se me safar desta, retomarei a minha profissão.

# Capítulo 9

Já não sou capaz de rastejar nem de ir buscar água à praia, embora isso me esteja a fazer mais mal do que bem. Nesta altura, quase não consigo pensar. Só me resta uma mão: a mão direita. Hoje cortei as minhas duas orelhas. O sangue foi pouco porque coagulou com a areia que deitei e é a que me tem servido de gaze e acho que funciona melhor. Também comi o meu escroto. Sem as bolas queria que ficasse pendurado. Perdi um pouco de sangue, mas bebi-o e matou a minha sede momentaneamente. Fiquei surpreendido com o sabor do escroto, embora soubesse melhor com molho e cebolinhas. Agora posso mesmo dizer que sou um chupador de pilas.

Posso dizer com alegria que... o que importa agora, um antebraço, uma mão, um dedo, um olho, um pénis... comida é comida e não posso desperdiçar nada. Obrigado Deus por me dar comida, como diz uma citação famosa. "Bebamos e comamos, porque amanhã morreremos. Mas nada melhor do que morrer a saborear. Mas não me deixem mentir que os pés de porco têm o mesmo sabor que os pés de porco... o que é que se segue? a língua, o olho, a pele... Pelo menos, não sou o único nesta situação. Os que foram salvos da ilha Martin devem estar numa das ilhas à minha frente. Mesmo assim, comendo-se a si próprios...

# Capítulo 10
# Dois caminhos

Spencer Bert estava sentado na beira do sótão da sua casa na montanha, no leste do Wyoming, a tentar decidir o seu futuro. Tinha acabado de assassinar a sua mulher, Wendy, uma bela mulher de 29 anos, cujo corpo, selvaticamente esfaqueado, jazia na cozinha. Spencer sabia que, se não se desfizesse do corpo, passaria o resto dos seus dias se fosse descoberto ou, pior ainda, enfrentaria a pena de morte ao abrigo da lei estadual.

A casa estava rodeada de montanhas e, felizmente para ele, não havia outras casas num raio de mais de 5 quilómetros. No entanto, o xerife do condado era amigo de ambos, especialmente de Wendy, uma vez que ela trabalhava como professora na escola local, onde ele tinha funções de segurança.

Spencer sabia que tinha de arranjar um álibi sólido para o caso de ser descoberto, por isso estava a pensar muito, obviamente um pouco nervoso. Wendy era muito querida na comunidade de Osman e, desde que os Bert chegaram à cidade, eram conhecidos pela sua bondade. Osman era uma cidade pequena, com menos de mil casas, onde Spencer trabalhava como guarda florestal perto de uma reserva.

"Tenho de pensar bem na minha estratégia", repetia Spencer vezes sem conta na sua mente. "Se eu cometer um erro, acabo na prisão.

Passados alguns minutos, acordou paranoico quando ouviu ao longe o som de um motor a aproximar-se, provavelmente na direção da sua casa. Uma casa enorme e antiga, de estilo arquitetónico, sem vedação visível.

"Raios!", murmurou Spencer enquanto corria para um velho armário onde guardava uma caçadeira Winchester modelo 12, uma herança com capacidade para quatro tiros. Carregou-a e esperou, pronto para o caso de ser o xerife. Às vezes, por causa de sua amizade com Wendy, ele costumava passar por lá para tomar um refresco.

Esperou alguns segundos, espreitando pela fresta do amplo corredor, e felizmente era apenas o carteiro do concelho. Não demorou muito a bater à porta e a espreitar ligeiramente para dentro. Depois de Spencer ter assinado e agradecido, o seu coração acalmou finalmente, depois de bater descontroladamente a mais de 100 batimentos por minuto.

"Se tivesse sido aquele maldito xerife, eu estaria em apuros", murmurou para si próprio. Apressadamente, correu para a cozinha, sabendo que ia encontrar o cadáver desmembrado e ensanguentado de Wendy. Olhou para ele com alguma indiferença, depois foi ao quarto à procura de um lençol, voltando rapidamente para o embrulhar. No entanto, depois de analisar a situação, apercebeu-se de que, se o enterrasse algures e fosse descoberto, poderia ser associado a ele, devido à marca do lençol, que era muito identificável e era vendido na loja Darshim, no condado. Por isso, desistiu e esperou uns minutos, pensando no que havia de usar para o embrulhar. Tinha a certeza de que tinha de o enterrar naquele dia, pois Wendy iria dar aulas no dia seguinte e, por razões óbvias, se ela não aparecesse e não desse uma explicação, o xerife iria a sua casa.

Spencer, Bert e Wendy estavam casados há apenas dois anos. Na realidade, amavam-se, ou pelo menos assim fingiam, mas a relação começou a desfazer-se há semanas, depois de Spencer ter conhecido Betty, uma caixa de um restaurante onde costumava comer todas as manhãs depois do trabalho.

Spencer planeou então o homicídio de Wendy de uma forma peculiar, mas o seu álibi saiu-lhe pela culatra. Wendy descobriu que ele a estava a trair e prometeu deixá-lo, exigindo que ele saísse da sua casa, propriedade do seu falecido pai, Tom Lirdy. Na realidade, Spencer não possuía qualquer propriedade no estado, pois vinha do Texas e pertencia a uma família de baixos rendimentos. Perante a situação iminente de ficar praticamente sem casa, Spencer fez o impensável: esfaqueou selvaticamente Wendy. Além disso, planeou tirar grande partido do enorme risco que tinha corrido: receber o seguro de saúde de 300 000 dólares. Assim, planeava vender a casa herdada e ficar com os 300.000 dólares no bolso, o que seria perfeito para começar uma nova vida com a amante noutro estado.

Depois de muito pensar, pegou na picareta e na pá e planeou enterrar o corpo nas montanhas durante a noite. Ele acreditava que seria quase improvável que o corpo fosse encontrado em breve.

**Horas mais tarde**

"Esta maldita coisa é pesada", murmurava vezes sem conta, enquanto arrastava com dificuldade o cadáver de Wendy por algumas encostas íngremes. Depois de 45 minutos e mais de um quilómetro de caminhada, decidiu parar no meio de um arbusto denso, rodeado por um emaranhado de árvores de difícil acesso.

"Acho que isto vai ser suficiente, acho que não o vão encontrar durante anos", sussurrou para si próprio, enquanto punha a caçadeira de lado. Eram 10 horas da noite e a lua iluminava toda a área, pelo que não precisava de uma lanterna para escavar confortavelmente.

E então começou a árdua tarefa. O rosto ensanguentado de Wendy olhava para o seu ex-marido. Ele virou-se ligeiramente para olhar para ela e ficou aterrorizado. De imediato, atirou-lhe umas pás cheias de terra para evitar a sensação de estar a ser observado por outra pessoa.

"É mais difícil do que eu pensava", disse para si próprio depois de uma hora de esforço extenuante. Estava completamente encharcado em suor, por isso decidiu tirar a camisola.

Quando finalmente cavou um metro e meio de profundidade, pensou que seria suficiente para esconder o corpo. Tinha previsto o inchaço de um cadáver humano ao fim de alguns dias. Bebeu um pouco de água para aliviar o cansaço e, sem perder tempo, atirou o corpo de Wendy para o poço. Percebeu que tinha torcido o pescoço dela, mas não se importou, pois com a terra tudo ficaria escondido.

Mas, enquanto enchia a vala com terra, apercebeu-se de um grupo de pessoas com tochas a mover-se ao longe. Isto apanhou-o completamente de surpresa. Pegou imediatamente na caçadeira que trazia consigo e escondeu-se rapidamente nos arbustos.

"Raios, quem serão?", diz com amargura e acrescenta: "Parece que são mais de cinco". Então, apercebeu-se de que eram homens que andavam à caça, pois nessa altura do ano costumavam caçar nas montanhas e florestas vizinhas, à noite.

"Raios, é tudo o que preciso", murmurou de novo para si próprio, com a mesma muleta que usava para praguejar. Tirou a segurança da caçadeira, por precaução. Sabia que não podia correr, pois eles iriam reparar, mas o que o enervava era o ladrar dos cães. Então entrou em pânico, sabendo que a direção de onde eles se aproximavam não era muito distante. Se fugisse, eles alcançá-lo-iam ou seguiriam o seu rasto, pensando que ele era uma presa.

Pensou imediatamente nas possibilidades, mas não encontrou nenhuma. Por isso, esperou agachado, à espera de um milagre para não ser detectado. Mas, para caçadores experientes, isso não era difícil, principalmente se os cães os guiassem. Ele não queria deixar a cova meio coberta, pois, se fugisse, a morte de Wendy estaria diretamente ligada a ele. Por isso, esperou, apontando na direção dos sujeitos.

Quando os 6 caçadores chegaram finalmente ao monte onde ele se encontrava, os cães detectaram sangue e conduziram imediatamente o grupo de homens ao local. Estes aperceberam-se rapidamente do que estava a acontecer e exclamaram em coro:

"Meu Deus, olhem para um cadáver!", exclamam com espanto. Estavam perplexos ao verem a cena macabra. Estavam ainda de costas para a sepultura quando, nesse momento, quatro balas atingiram o grupo de homens, deixando três deles instantaneamente caídos. Os outros levantaram as espingardas de caça e apontaram as lanternas em todas as direcções, tentando perceber o que se passava.

Entretanto, Spencer recarregou rapidamente a caçadeira, aproveitando a confusão. Sem hesitar, começou a disparar a segunda carga de cartuchos. Mas um dos caçadores, que estava escondido atrás de uma árvore, conseguiu vê-lo com a sua lanterna e disparou diretamente na cabeça, matando-o instantaneamente.

# Segundo andar concluído

# Capítulo 11
## O mistério do assassinato

Era uma noite fria de inverno quando o detetive Andrew Morgan recebeu uma chamada. Tratava-se do assassínio, em circunstâncias misteriosas, do senador Jack Robbin em sua casa, uma velha residência abandonada nos arredores de Massachusetts. Sem qualquer problema, Andrew dirigiu-se para o local do crime.

Quando finalmente chegou, deparou-se com uma cena macabra: sangue por todo o lado. Quando chegou ao estúdio, o corpo do senador estava literalmente desmembrado em pedaços, apenas a cabeça ainda estava no sítio junto ao tronco. Parecia saído de um filme de terror de mau gosto. Parecia que o assassino que o tinha feito tinha demonstrado todo o seu ódio pela humanidade de Jack.

Andrew apercebeu-se claramente de que se tratava de um assassínio em primeiro grau, premeditado e levado a cabo com malícia e vantagem. Era evidente que o Sr. Jack tinha sofrido demasiado. O corpo apresentava vários sinais de ter sido torturado antes de ser morto, talvez por um corte afiado na veia jugular do lado esquerdo do pescoço.

Enquanto examinava as partes do corpo do senador, Andrew reparou em algo peculiar: um bilhete cuidadosamente colocado debaixo da cabeça decapitada de Jack. A nota dizia: "O Sr. Jack não se deixou roubar, tornou-se agressivo, talvez dentro da mansão encontre o assassino". Consternado com uma pista tão óbvia e misteriosa, o detetive decidiu iniciar uma inspeção minuciosa à enorme mansão.

Cada canto do lugar parecia estar cheio de mistério. Na biblioteca, ele encontrou um estranho livro encadernado em couro que pertencia a Lucia Lohard, a antiga proprietária da mansão. No diário, podia-se ler histórias arrepiantes de vinganças sombrias que haviam ocorrido décadas antes. Embora intrigante, decidiu pô-lo de lado e concentrar-se em pistas mais concretas.

Ao continuar a sua busca, André encontrou um objeto interessante no meio de um livro intitulado "Babilónia". Uma carta ambígua revelava algo sobre uma conspiração em que o título do senador figurava, mas sem fornecer pormenores mais específicos. Mesmo assim, não conseguiu determinar com base em provas concretas se se tratava do Sr. Jack.

À medida que a investigação avançava, os suspeitos começaram a ganhar forma. A mulher do senador, Ana Robbin, levantou suspeitas devido à sua atitude evasiva e respostas ambíguas durante os interrogatórios. O seu ar nervoso e os seus segredos escondidos despertaram os instintos de investigação do detetive, embora mais tarde tenha sido excluída.

Outro suspeito importante era Simmons Lucke, parceiro de negócios de Jack numa empresa de tabaco. Apesar da sua relação de trabalho, havia sempre uma rivalidade palpável entre eles. À medida que Andrew investigava mais a fundo os seus antecedentes, apercebia-se da tensão entre os dois.

Com o passar dos dias de investigação, o detetive começou a receber ameaças anónimas por telefone e até na sua própria casa. Cartas escritas à mão avisavam-no para parar ou enfrentaria consequências terríveis. No entanto, o experiente detetive, com os seus 20 anos de experiência, não estava disposto a desistir do caso.

# Capítulo 12

No terceiro dia das investigações, Andrew encontrou um pequeno diário que estava debaixo de um livro no escritório. O mais estranho é que a escrita estava codificada, o que indicava que o Sr. Jack tinha segredos que queria manter escondidos. Sem perda de tempo, o detetive confiou o diário à sua equipa forense, enquanto continuava a recolher pistas, entrevistando todos os familiares próximos, amigos, colegas, etc.

Após horas de trabalho, a equipa de detectives conseguiu decifrar uma das linhas-chave que indicava que o Sr. Jack tinha recebido ameaças de um antigo parceiro de negócios, o Sr. Simmon Luke. Os dois tinham estado envolvidos em disputas sobre dinheiro e questões legais relacionadas com a empresa.

Após uma investigação mais aprofundada sobre os assuntos de Simmon Luke na empresa, aperceberam-se de que este se encontrava em dificuldades financeiras devido a maus investimentos, o que tinha afetado a sua relação com o Sr. Jack ao ponto de se tornar insustentável. Além disso, descobriram que Simmon tinha uma forte motivação aparente para querer ver o Sr. Jack morto: recuperar o seu estatuto e poder financeiro aos olhos do grupo que liderava, a fim de pagar as suas dívidas.

O detetive decidiu seguir o rasto de Simmon, o que levou a um encontro acalorado no escritório. Durante o interrogatório, Simmon negou categoricamente qualquer envolvimento no assassínio do Sr. Jack e apresentou álibis sólidos. Afirmou que estava metido em sarilhos, mas que nunca mataria ninguém. No entanto, Andrew suspeitava que Simmon estava a esconder algo mais.

Determinado a resolver o caso e a descobrir o verdadeiro assassino do Sr. Jack, o detetive decidiu alargar o seu campo de investigação e procurar novos elementos enquanto trabalhava incansavelmente durante horas nos ficheiros do senador. Reparou em várias transacções anómalas e suspeitas que poderiam estar relacionadas com o seu assassinato.

# Capítulo 13

Enquanto Andrew tenta descobrir a verdade, a notícia do roubo de um valioso diamante espalha-se rapidamente pelo bairro, chamando a atenção do detetive. Ao estudar o caso, graças à sua amiga Andriane, percebe que este tem muitas semelhanças com o assassinato de Jack em alguns pormenores. Convencido de que os dois crimes estão possivelmente relacionados, decide seguir o rasto dos autores, embora também possa ser uma cortina de fumo.

Enquanto analisa meticulosamente os indícios no local do crime e entrevista várias testemunhas, procura pistas que o possam conduzir aos culpados. À medida que avança, apercebe-se de que os ladrões deixaram para trás uma série de sinais estranhos, indicando que são ladrões especializados e não apenas criminosos.

Com a ajuda da sua equipa, ele procura a origem destes sinais e descobre o nome de Joana, uma pessoa que tinha contacto com o bando. Os dois encontram-se num local discreto no centro da cidade. Joana fornece informações factuais sobre um antigo casarão que os homens usavam. Convencido, o detetive decide ir ao local.

À chegada, o detetive e Joan encontram uma casa abandonada e degradada, desolada. No entanto, apercebem-se de que houve atividade recente devido ao lixo numa das divisões sem telhado. De arma em punho, começam a investigar as restantes divisões.

Ao percorrerem as várias divisões da casa, apercebem-se de que existem armadilhas montadas pelos ladrões para impedir a entrada dos intrusos. Conseguem evitar alguns obstáculos e, após algumas horas, descobrem uma câmara secreta escondida atrás de uma parede de adobe. No interior, encontram um mapa antigo e pormenorizado que mostra as diferentes localizações dos ladrões, bem como uma lista de nomes. Convencidos pelas pistas, decidem seguir o rasto até aos locais indicados no mapa.

# Capítulo 14

Concentrado na investigação de Jack, Andrew procura com mais afinco pistas sobre o culpado. No quinto dia, enquanto faz trabalho de campo na mansão do senador, depara-se com uma testemunha surpresa: o jardineiro que estava a trabalhar na propriedade no dia do crime, segundo a mulher de Jack, deveria ter estado no jardim ao fim da tarde.

O jardineiro está nervoso, mas decide colaborar na investigação. Conta a André que, precisamente na tarde do incidente, viu um indivíduo suspeito a rondar a mansão junto às vedações. Descreve-o como uma pessoa de estatura média, magro, vestido com roupa escura, boné e óculos. Além disso, de acordo com a sua intuição, achou estranho o seu comportamento, como se estivesse a vigiar.

Intrigado com esta nova informação, o detetive interroga o jardineiro durante horas, tentando perceber a sequência dos acontecimentos. Andrew pergunta-lhe o momento exato em que viu o suspeito a deambular e questiona-o sobre todos os pormenores. Tenta determinar se a presença do homem está de alguma forma relacionada com o homicídio ou se é apenas uma coincidência.

A dada altura da conversa, o jardineiro menciona que o suspeito parecia ter uma mochila na mão. André anota no seu bloco de notas e interroga-se sobre o que poderia estar a transportar na mochila. Com todos estes pormenores fornecidos pelo jardineiro, o detetive realiza mais entrevistas para corroborar o seu testemunho. Investiga minuciosamente cada zona dos grandes jardins exteriores por onde o homem andava.

# Capítulo 15

Ao analisar as provas fornecidas pelo jardineiro, Andrew começa a suspeitar que há algo mais em jogo neste caso. A sua teoria sugere que se trata de uma conspiração.

Determinado a ver se tem razão, Andrew começa a investigar o passado de Jack de há anos atrás. No entanto, após horas de pesquisa, só encontra ligações a Simmons e a mais ninguém. Concentrando-se em Simmons, descobre pistas em sua casa que sugerem o seu envolvimento no assassínio. Ela encontra e-mails com documentos comprometedores que apontam Simmons como o culpado direto e o cérebro do crime. De acordo com os e-mails, ele contratou um assassino para executar o crime.

Percebe também que Simmons manipulou a cena do crime para desviar as atenções de si próprio e que, de alguma forma, se tratava de uma tentativa de assalto, de acordo com o bilhete encontrado. Sem perda de tempo, obtêm um mandado de busca e dirigem-se a casa de Simmons, capturando-o sem disparar um tiro. Simmons está encurralado e parece ter perdido a confiança, embora o autor do crime ainda não tenha sido encontrado.

# Capítulo 16

Perante o recurso de Simmons e a sua subsequente libertação, a tensão aumenta quando Andrew confronta Simmons como o cérebro por detrás da morte de Jack e de todo o mistério que a envolve. Com mais provas na sua posse, o detetive espera colocar Simmons na prisão para sempre.

Depois de ser bem sucedido em tribunal e de obter novamente um mandado de captura, Andrew leva Simmons e a sua equipa perante o juiz. Apresenta cuidadosamente as provas que demonstram que Simmons é o autor do assassínio brutal de Jack. Mostra documentos incriminatórios, pagamentos feitos a um dos assassinos, testemunhos, tornando clara uma complexa teia de conspiração.

Simmons mostra inicialmente uma atitude desafiadora, mas rapidamente o seu semblante revela que as provas são esmagadoras. Ele tenta desviar as atenções e negar inflexivelmente a sua culpa utilizando todos os meios legais disponíveis, mas a firmeza do detetive empurra-o cada vez mais para o canto.

Andrew usa a sua experiência e capacidade de interrogatório, apresentando estrategicamente as suas provas para quebrar a negação de Simmons. Apresenta-lhe álibis e provas de que Simmons ordenou o assassínio de Jack para obter o controlo total da sua empresa e manipular a mulher de Jack, que desconhecia os pormenores. Simmons tentou comprar as acções a um preço ridiculamente baixo e apoderar-se de todos os bens da empresa, que ascendiam a mais de 500 milhões de dólares.

Com a detenção de Simmons, a única coisa que resta fazer é encontrar a outra pessoa ou pessoas responsáveis pelo caso, e é precisamente isso que o detetive está prestes a fazer.

# Capítulo 17

Perante a possibilidade de beneficiar da lei 3242 numa pena reduzida, Simmons confessa que contratou Tomas Liken, membro de um gang e traficante de droga na zona leste da cidade, por 35.000 dólares para cometer o homicídio. No entanto, afirma que nunca teve a intenção de levar o crime a cabo da forma como aconteceu. Esclarece que o motivo principal não era apenas financeiro, mas também que tinha um relacionamento amoroso com Ana, embora insista que ela não tinha nada a ver com o caso. Afirma que toda a iniciativa foi dele.

Quando todo o gangue é capturado, Simmons, de 58 anos, é condenado a 55 anos de prisão por uma série de acusações, principalmente homicídio em primeiro grau.

Obrigado
Terceiro andar concluído

Obrigado

www.ingramcontent.com/pod-product-compliance
Lightning Source LLC
Chambersburg PA
CBHW022108150726
47990CB00003B/1272